un petit livre d'argent

Bon appétit Minou-Gris

Texte et illustrations de Cyndy Szekeres

DEUX COQS D'OR

« À table ! » dit Maman.
Elle met les macaronis et deux haricots verts dans l'assiette de Minou-Gris. Mais Minou-Gris regarde Papa qui est en train de sortir quelque chose du four.

Papa a fait des cookies au chocolat !
« Je n'ai pas faim, dit Minou-Gris en repoussant son assiette. Mais je voudrais un gâteau, s'il vous plaît.

– Les gâteaux sont pour le dessert, dit Papa.
– J'en suis au dessert ! répond Minou-Gris.
Je n'ai pas assez faim pour dîner. »

Maman dit : « D'accord. Tu peux sortir de table. Tu reviendras quand tu auras faim. Et lorsque tu auras mangé, tu auras un gâteau ! »

Minou-Gris prend du papier et se met à dessiner. Elle dessine une assiette vide. « Regarde, Papa, dit-elle, mon assiette est vide. Est-ce que je peux avoir un gâteau, maintenant ? »

Papa dessine quelque chose, lui aussi. C'est un cookie au chocolat.

Minou-Gris pleure : « Mais moi, je ne veux pas un gâteau en papier !
– Alors mange ton dîner, dit Maman.
– Seulement deux bouchées ? demande Minou-Gris.
– Non, tout ! » répond Maman.

Minou-Gris cache les haricots sous les macaronis. « Ça y est ! » dit-elle, avec un petit air coquin. Papa et Maman la regardent tristement.

Minou-Gris soupire et mange deux bouchées. Puis elle pense aux cookies et ça lui donne faim. Elle continue à manger.

Bientôt, il n’y a plus rien dans son assiette.
« Ça y est ! » s’écrie Minou-Gris.

Ravis, Papa et Maman lui servent un verre de lait, deux cookies au chocolat et un gros baiser de chat !